Comentarios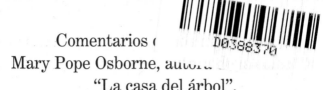
Mary Pope Osborne, autora
"La casa del árbol".

He leído cada uno de tus libros. Me gustan tanto que también se los leo a mi pájaro. —Ellie S.

Tus libros son audaces, emocionantes, espectaculares y una larga lista de muchas palabras más.
—Alex W.

Cuando mi maestra nos lee tus libros no queremos que se detenga y todos le decimos: "Sra Miller, un capítulo más, por favor". —Kalais

Ahora me encanta escribir. Y ahora también sé mucho más acerca de lugares y animales porque he leído tus libros. —Brittney

Siempre guardaré estos libros y espero que algún día se los pueda leer a mis hijos. —Dennis D.

Cuando algo no me sale, no me doy por vencido. Pienso en Annie y en Jack y sigo adelante. —John

Tus libros son excelentes. En realidad, son más que excel . —Kayla L.

¡Los bibliotecarios y los maestros también aman los libros de "La casa del árbol"!

¡Los niños se pierden el receso sólo para leer tus libros! En 25 años de docencia, jamás había tenido lectores tan entusiastas en mi clase. ¡Es maravilloso!
—C. Kendziora

Esta colección es fantástica para que los niños desarrollen la comprensión de las secuencias y elementos del relato. Se ha convertido en un verdadero catalizador, motivando a los pequeños a escribir por deseo propio. Te agradezco por tu magnífica tarea al escribir genuinamente para ellos. Con tu estilo invitas a la aventura y a la emoción, además de brindar una mirada sobre otras épocas y lugares sin ser condescendiente con los lectores más pequeños. —N. Roberts

Un primo mayor introdujo a mi hijo en el mágico mundo de "La casa del árbol", y la colección ha convertido a mi pequeño en una máquina de leer.
—A. Haroldson

¡Estamos asombrados ante el entusiasmo de nuestro hijo por esta colección! Se queda leyendo hasta que le duelen los ojos. —R. Discenza

Muchas gracias por escribir libros que los niños no pueden abandonar, que les enseñan tanto "experi-

mentando" el relato, que les enciende el amor por la lectura, los deja esperando ansiosos por más y que los trae leyendo en el autobús hasta la entrada de la escuela. ¡Muchas gracias, desde el fondo del corazón de una vieja maestra! —B. Taylor

Cuando estoy ausente, no dejo que el que me sustituya lea el libro de la colección con el que se está trabajando pues no quiero perderme nada. —C. Todachinnie

Adoramos a Annie y a Jack. Siempre usamos nuestros mapas para seguir los pasos de sus travesías. Nos hemos convertido en científicos, y en las clases de ciencias también tomamos apuntes en nuestros cuadernos al igual que lo hacía Jack. —J. Korinek

Uno de mis alumnos se negaba a leer en voz alta frente a los demás, hasta que le entregué su propio libro de "La casa del árbol". Ahora, cuando nos reunimos sobre la alfombra durante la clase, él es el primero en ofrecerse como voluntario para leer.
—S. Stevens

Queridos lectores:

Escribí este libro porque siempre sentí amor por el teatro. De chica actué en muchas obras. ¡Incluso me casé con un actor y dramaturgo! A Will, mi esposo, y a mí nos encantan las obras de Shakespeare. Tanto es así que los últimos dos veranos nos divertimos visitando amigos que pusieron obras del autor en escena, en los jardines de un castillo en Inglaterra. Cuando estamos en Londres, siempre nos agrada ir a ver la réplica del "Teatro Globo" de Shakespeare.

No obstante, para escribir "Miedo escénico en una noche de verano" basé mi investigación en mis propios recuerdos al estar sobre el escenario. Imagínense la espera detrás del telón, el corazón latiendo agitado, las manos sudadas, las rodillas temblando... Y después ¡a escena!

Es una de las experiencias más aterradoras y, a la vez, más divertidas que uno pueda imaginar. Así que espero que se sientan un poco aterrados pero muy, muy entusiasmados al compartir esta aventura con Annie y Jack.

Les desea lo mejor,

Miedo escénico en una noche de verano

Mary Pope Osborne

Ilustrado por Sal Murdocca
Traducido por Marcela Brovelli

LECTORUM
PUBLICATIONS, INC.

Para James Simmons

MIEDO ESCÉNICO EN UNA NOCHE DE VERANO

Spanish translation©2014 by Lectorum Publications, Inc.
Originally published in English under the title
STAGE FRIGHT ON A SUMMER NIGHT
Text copyright©2002 by Mary Pope Osborne
Illustrations copyright ©2002 by Sal Murdocca

ISBN 978-1-933032-92-4
Printed in the U.S.A
10 9 8 7 6 5 4 3 2 1

Library of Congress Cataloging-in-Publication Data
Osborne, Mary Pope.
  [Stage Fright on a Summer Night. Spanish.]
  Miedo escénico en una noche de verano / por Mary Pope Osborne ; ilustrado por Sal
Murdocca ; traducido por Marcela Brovelli.
  pages cm. -- (La casa del árbol ; #25)
  Originally published in English by Random House in 2002 under the title: Stage
Fright on a Summer Night.
  Summary: Jack and Annie travel in their magic tree house to Elizabethan London,
where they become actors in a production of A Midsummer Night's Dream and try to
rescue a tame bear.
  ISBN 978-1-933032-92-4
  [1. Time travel--Fiction. 2. Theater--Fiction. 3. Magic--Fiction. 4. Tree houses--Fiction.
5. Great Britain--History--Elizabeth, 1558-1603--Fiction. 6. Spanish language materi-
als.] I. Murdocca, Sal, illustrator. II. Brovelli, Marcela, translator. III. Title.
  PZ73.O7479 2014
  [Fic]--dc23
                    2014004625

33614081335290

ÍNDICE

Prólogo

Un día de verano, en el bosque de Frog Creek, Pensilvania, apareció una misteriosa casa de madera en la copa de un árbol.

Jack, un niño de ocho años, y Annie, su hermana de siete, subieron a la pequeña casa. Cuando entraron se encontraron con un montón de libros.

Muy pronto, Annie y Jack descubrieron que la casa era mágica. En ella podían viajar a cualquier lugar. Sólo tenían que señalar el lugar en uno de los libros y pedir el deseo de llegar hasta allí. Mientras viajan, el tiempo se detiene en Frog Creek.

Con el tiempo, Annie y Jack descubren que la casa del árbol pertenece a Morgana le Fay, una

1

bibliotecaria encantada de Camelot, el antiguo reino del Rey Arturo. Morgana viaja a través del tiempo y el espacio en busca de libros.

En los libros #5 al 8 de *La casa del árbol*, Annie y Jack ayudan a Morgana a liberarse de un hechizo. En los libros #9 al 12, resuelven cuatro antiguos acertijos y se convierten en Maestros Bibliotecarios.

En los libros #13 al 16, Annie y Jack rescatan cuatro historias antiguas antes de que se pierdan para siempre.

En los libros #17 al 20, Annie y Jack liberan de un hechizo a un pequeño y misterioso perro.

En los libros #21 al 24, Annie y Jack se encuentran con un nuevo desafío. Deben encontrar cuatro escritos especiales para que Morgana pueda salvar el reino de Camelot.

En los libros #25 al 28, Annie y Jack viajan en busca de cuatro tipos de magia especiales.

1

Una magia especial

Annie y Jack se sentaron en el porche de su casa. Las luciérnagas titilaban en el cálido crepúsculo veraniego.

—¡Uau! Una estrella fugaz —exclamó Annie, señalando el cielo.

Jack miró hacia arriba, justo a tiempo para ver un destello que se desplomaba sobre el bosque de Frog Creek. Luego, la luz se perdió entre las copas de los árboles.

Jack respiró hondo y miró a su hermana.

—Eso no fue una estrella fugaz —dijo.

—Correcto —agregó Annie.

Los dos se pararon de un salto. Jack entró en el pasillo de la casa para agarrar la mochila.

—¡Mamá! ¡Papá! ¿Podemos salir? —preguntó él en voz alta—. ¡Regresaremos pronto!

—¡Diez minutos! ¡No más! —respondió la madre.

—¡Está bien! —contestó Jack cerrando la puerta—. ¡Vamos! ¡De prisa!

Rápidamente, atravesaron todo el patio. Corrieron calle abajo, hacia el bosque, hasta que se encontraron con el roble más alto. Los dos miraron hacia arriba.

—¡Sííííí! —exclamó Annie.

Jack sólo sonreía. Estaba tan feliz que no podía hablar.

—Ahí está nuestra estrella fugaz —dijo Annie—. La casa del árbol mágica.

Se agarró de la escalera colgante y comenzó a subir. Jack la seguía un poco más abajo. Cuando entraron en la pequeña casa de madera ambos se quedaron sin habla. De pie,

4

en un rincón sombrío, había una bella mujer de larga cabellera blanca.

—Hola, Annie y Jack —dijo Morgana le Fay.

—¡Morgana! —gritaron los dos. Y la abrazaron con fuerza.

—¿Por qué estás aquí? —preguntó Annie—. ¿Qué quieres que hagamos?

—Ya han hecho muchas cosas buenas para mí, para el Rey Arturo y para Camelot. Ahora quiero que hagan algo bueno para ustedes. Aprenderán a hacer magia—respondió Morgana.

—¡Oh, no puede ser! —exclamó Annie—. ¿Nos vamos a convertir en magos? ¿Nos enseñarás trucos y hechizos?

Morgana sonrió.

—Hay magias que no necesitan ni trucos ni hechizos —respondió—. Las hallarán en cada una de las próximas cuatro aventuras.

—¿Pero cómo haremos? —preguntó Jack.

—Una rima secreta los guiará en cada viaje. Aquí tienen la primera—dijo Morgana, mostrando un trozo de papel.

Annie agarró el papel y leyó la rima en voz alta:

*Para hallar una magia especial
en la luz te pararás
y sin varita mágica, hechizo ni amuleto,
el día en noche convertirás.*

—¿Convertir el día en noche? —preguntó Jack—. ¿Cómo haremos eso?

Morgana sonrió.

—Eso es lo que deberán descubrir —respondió la hechicera.

Jack quería hacer muchas preguntas. Pero, de repente, una intensa luz iluminó la casa del árbol. Él cerró los ojos para protegerse del reflejo. Y cuando los abrió, Morgana ya se había ido. Sobre el piso, justo donde ella había estado parada, había un libro.

—Morgana nos ha dado muy poca información —dijo Jack.

—Pero nos dejó este libro para que investiguemos —agregó Annie—. Aquí podremos averiguar a qué sitio iremos primero. —Y acercó el libro a la ventana para poder leer bajo la tenue luz.

En la tapa se veía un río, numerosos barcos y un puente. El título del libro decía:

La Alegre Vieja Inglaterra

—¿Vamos a ir a Inglaterra en busca de magia? —preguntó Annie—. Me parece que va a ser divertido. ¿Estás listo?

—Creo que sí —contestó Jack, con el deseo de que Morgana les hubiera dado más datos.

Luego señaló la tapa del libro y, en voz alta, exclamó:

—¡Deseamos ir a este lugar!

El viento empezó a soplar.

La casa del árbol comenzó a girar.

Más y más fuerte cada vez.

Después, todo quedó en silencio.

Un silencio absoluto.

2

El Puente de Londres

La cálida luz del día inundó el interior de la casa del árbol. Jack abrió los ojos.

Annie llevaba puesto un vestido largo, con un delantal. Jack traía puesta una camisa de mangas anchas, pantalones cortos y, debajo de estos, un par de calcetas. Los dos llevaban puestas delicadas zapatillas de cuero. Jack tenía un bolso también de cuero.

—Esta ropa es extraña —dijo. Su voz apenas podía oírse por el estruendo de las carretas que venía de abajo.

—¿Qué sucede? —preguntó Annie.

Ambos se asomaron a la ventana.

La casa del árbol había aterrizado en el claro de una arboleda, junto a un ancho río marrón. Carros, carretas, gente, todos se dirigían hacia el río.

Botes, barcos a vela y cisnes blancos se deslizaban por el agua.

—¡Caramba! ¡Cuántos barcos! —exclamó Annie.

Jack abrió el libro para investigar y comenzó a leer:

En el año 1600, en Londres, Inglaterra, vivían más de 100.000 habitantes. En aquella época, el país se encontraba bajo el reinado de Elizabeth I, una soberana muy amada por su gente.

—¿Una reina? ¡Qué genial! —agregó Annie, entusiasmada.

Jack sacó el cuaderno y tomó nota:

Londres — año 1600

Reina Elizabeth I

—Jamás había visto un puente como ese —agregó Annie, mirando hacia la izquierda.

Jack observaba todo junto a su hermana. Un puente de piedra cruzaba el río. Era tan gigantesco que parecía una pequeña ciudad. También, se veían muchas casas, negocios y hasta una iglesia.

Jack encontró un dibujo del puente en su libro y leyó en voz alta:

El Puente de Londres se encontraba ubicado en el corazón de la ciudad del mismo nombre, cruzando el río Támesis. En diferentes momentos el puente se cayó pero fue construido nuevamente.

—¡Ajaaá! —exclamó Annie—. Seguro que la canción viene de ahí. "El Puente de Londres se cae, el Puente de Londres se cae....".

Mientras ella cantaba, Jack sacó el cuaderno y tomó nota:

el Puente de Londres - cruza el río
Támesis. Hay muchas casas y negocios

—Vayamos a buscar la magia —dijo Annie. Y leyó la nota de Morgana otra vez.

*Para hallar una magia especial
en la luz te pararás
y sin varita mágica, hechizo ni amuleto,
el día en noche convertirás.*

Jack alzó la mirada. El cielo estaba completamente azul, sin una sola nube.

—Pero no puede ser —dijo sacudiendo la cabeza.

Sin perder tiempo, guardó el libro y el cuaderno en el bolso. Después bajó detrás de su hermana por la escalera colgante. Y ambos empezaron a caminar hacia el río.

—¡Puajjjj! —exclamó Annie, tapándose la nariz.

El río olía pésimo.

Al parecer, a nadie le importaba el olor. Muchos se amontonaban alegremente en los botes, otros se dirigían hacia el puente. Todos se veían felices, como si fueran a visitar un lugar muy divertido.

Unos niños harapientos, de doce o trece años, pasaron muy cerca de Annie y de Jack, rozándoles la ropa. Los pequeños reían sin parar.

—¡De prisa! ¡Llegaremos tarde! —gritó uno de ellos.

Y corrieron hacia la entrada de piedra, que daba al puente.

—¿Tarde para qué? —preguntó Annie—. ¿Qué hay del otro lado de ese puente? ¿Por qué están tan apurados por llegar allí?

14

—No lo sé —respondió Jack—. Veré qué dice el libro.

—¡No, vayamos ahora o… *llegaremos* tarde! —agregó Annie. Y salió corriendo.

—Está bien, está bien —contestó Jack.

Guardó el libro y corrió detrás de su hermana hacia el Puente de Londres.

3

El Jardín del Oso

Annie y Jack atravesaron la entrada de piedra del Puente de Londres.

Jack caminaba asombrado. ¡Había tanto ruido y mal olor! Las ruedas de los carros resonaban como truenos sobre la calle de piedra. Frascos y botellas tintineaban en los carros de compras. Los caballos relinchaban. Y los vendedores de los negocios gritaban:

—¡Sabrosos pasteles!

—¡Guisantes calientes!

—¡Prendedores!

—¡Zapatos! ¡Jabón! ¡Sal!

Jack se quedó observando a un vendedor.

—¿Qué se te ofrece, niño? —gritó el hombre.

—Nada, gracias —respondió Jack, y siguió caminando.

—¡Cuidado! —gritó el conductor de un carro, con voz chillona.

Jack agarró a su hermana de la mano para quitarla del medio. El carro siguió su camino por la angosta calle.

—¡Mira! —dijo Annie, señalando a un oso encerrado en una jaula de madera, en la parte trasera del carro. El animal de piel marrón y enmarañada tenía la cabeza hacia abajo.

—¿Y ahora qué más veremos? —dijo Jack mientras el carro se alejaba.

—*A ellos* —respondió Annie, señalando hacia la cornisa de los techos.

Desde allí, agazapados, unos enormes pájaros negros observaban fijo a los carros, a los animales y a la gente que circulaba por el puente. Jack se estremeció y, rápidamente, comenzó a alejarse de la mirada tenebrosa de los gigantescos y silenciosos pájaros.

Cuando él y Annie llegaron al final del puente, caminaron por la orilla del río. Los dos se quedaron allí contemplando todo a su alrededor.

—¿Adónde habrán ido esos niños? —preguntó Annie.

Jack observó la muchedumbre que salía del puente y se dirigía hacia la calle. No había señal de los niños harapientos.

Luego, abrió su libro y al encontrar el dibujo del Puente de Londres se puso a leer:

> **El Puente de Londres conectaba a dicha ciudad con la orilla sur del río, un sitio de entretenimiento para los londinenses. El Jardín del Oso era un lugar muy popular.**

—¿El Jardín del Oso? —preguntó Annie—.

Eso suena divertido. ¿Dónde queda?

Jack encontró un mapa de la orilla sur del río. Luego, señaló un círculo que tenía un cartel con el nombre de "JARDÍN DEL OSO".

—¡Aquí! —dijo, y miró hacia arriba—. ¡Y.... *allí!* —Y señaló un edificio oscuro y redondo que se veía a lo lejos.

—¡Genial! —dijo Annie—. Quiero ver el jardín lleno de osos.

—Sigamos leyendo —sugirió Jack.

—*¡Vayamos a mirar!* —agregó Annie. Y se puso en marcha hacia el Jardín del Oso.

Jack guardó el libro y siguió a su hermana. Cuando estuvieron más cerca del lugar, comenzaron a oír gritos y risas a todo volumen que venían del edificio redondo.

Annie se detuvo.

—¡Espera! —dijo—. Tengo un mal presentimiento acerca del Jardín del Oso. Tal vez deberíamos leer un poco más para saber.

Jack volvió a abrir el libro. Y se puso a leer en voz alta:

> La gente asistía a un estadio circular conocido como "*Jardín del Oso*" para ver peleas de osos contra perros. La lucha de animales era un deporte muy común en la Inglaterra antigua. En la actualidad, éstas se encuentran prohibidas por la ley.

—¿Lucha de osos con perros? ¡Agh! —exclamó Annie—. ¡No soportaría ver eso!

—Yo tampoco —agregó Jack—. Olvídate de ese lugar.

Y comenzó a alejarse.

—¡Eh, Jack! ¡Mira hacia allá! —dijo Annie, señalando un carro cercano—. ¡Ese es el oso que vimos en el puente!

4

Sueño de una noche de verano

Annie y Jack corrieron hacia el carro. En la parte trasera de éste había una jaula. En el interior de la jaula había un enorme oso de color marrón.

El animal estaba echado, con la cabeza hacia abajo. El letrero que colgaba de la jaula decía: "DAN, EL OSO BAILARÍN".

—¿Dan...? ¿Tú vas a luchar? —preguntó Annie.

El solitario oso alzó la enorme cabeza y miró a la niña. Los oscuros ojos del animal estaban tristes. De pronto, soltó un débil gemido.

—Comprendo —dijo Annie—. Tú no quieres luchar. Estás pidiéndome que te saque de aquí. —Y sin dudarlo, la pequeña fue a abrir la puerta de la jaula.

—¡Fuera de ahí! —gritó alguien enfadado—. ¡Ese oso es mío!

Annie y Jack huyeron despavoridos. El conductor del carro, furioso, corría hacia ellos.

—¡Es mío! ¡Lo voy a vender! —gritó el hombre.

—¡Apúrate, Annie! ¡Nos vamos! —dijo Jack. Y, rápidamente, se perdieron en medio de la multitud que caminaba calle abajo.

—¡Pero debo salvar a Dan! —dijo Annie, mirando hacia atrás—. ¡Ese tipo quiere venderlo para la lucha de osos!

—Ya lo sé —agregó Jack—. Pero no podemos robarlo. Ese hombre es el dueño.

Jack miró a su alrededor. Tenía que lograr que Annie se olvidara del oso. De pronto, vio al grupo de jovencitos con los que se habían cruzado en el puente. Iban hacia un edificio de color blanco.

—¡Eh, mira, Annie! ¡Los niños del puente! —dijo—. Veamos para dónde van.

—¿Y qué va a pasar con Dan? —preguntó Annie.

—Eso lo veremos después —respondió Jack—. Ahora debemos seguir a esos niños.

Y llevó a su hermana hacia el edificio blanco. Al llegar, Jack leyó el letrero de la entrada:

¡OBRA DE TEATRO EN EL GLOBO!
SUEÑO DE UNA NOCHE DE VERANO

"¡Genial!", pensó Jack. Annie amaba las obras de teatro y adoraba actuar en la escuela.

En la entrada del teatro había un hombre con una caja en las manos.

—¡Un penique la entrada al patio! ¡Un penique la entrada al patio! —gritaba sin parar.

Los niños pusieron monedas dentro de la caja y entraron.

—¡Increíble! ¡La obra sólo cuesta un penique! —dijo Jack—. ¡Es barato!

—¡Pero no tenemos dinero! —agregó Annie—. Además, yo quiero ir a liberar al oso.

Jack respiró hondo y le preguntó a su hermana.

—¿Qué harás con él si lo liberas, Annie?

—Ya se me ocurrirá algo —contestó ella.

—Bueno, trata de que se te ocurra cuando el dueño no esté parado allí —sugirió Jack—. Ahora, aprendamos algo acerca de esta obra.

Rápidamente, Jack sacó el libro y se puso a investigar. Cuando halló el dibujo del "Teatro Globo", leyó con mucha entonación para tratar de que Annie se olvidara del oso:

Los primeros teatros fueron construidos en la Inglaterra antigua. Debido a que en esa época no había electricidad, las obras se representaban a la luz del día. Casi todos los ciudadanos podían pagar la entrada, ya que ésta costaba poco dinero.

—¡Perfecto! ¿Tú qué dices? —preguntó Jack.

Annie suspiró.

Jack siguió leyendo en voz alta:

> **El público sólo podía sentarse con el**
> **pago de la entrada correspondiente. La**
> **gente que podía acceder a precios más**
> **costosos, se sentaba en galerías, ubicadas**
> **a un nivel más alto. Otros permanecían**
> **de pie en un área más baja.**

—¡Niño! —gritó alguien.

Jack miró hacia arriba.

Un hombre se acercó corriendo hacia ellos.
Era de piernas largas, usaba barba recortada
y tenía ojos vivaces.

—Pude oírte cuando pasaba —comentó el
hombre—. ¡Lees muy bien!

Jack sonrió tímidamente.

—¡Eres realmente brillante! —insistió el
hombre—. Y yo me encuentro ante una gran
necesidad. Estoy buscando a un niño que sepa
leer ¡brillantemente!

5

Miedo escénico

—¿Para qué necesita un niño que sea un lector brillante? —preguntó Annie.

—¡Porque me faltan dos hadas! —respondió el hombre.

Y señalando a Jack agregó:

—¡Tú puedes representar a las dos!

"Y tú estás loco", pensó Jack.

—Bueno, nos veremos luego —dijo.

Y le dio un empujoncito a su hermana para que se marcharan.

—Espere, espere —dijo Annie en voz alta—. ¿Qué quiso decir con que mi hermano puede representar a las dos? ¿En dónde?

—Faltaron dos niños que interpretan a

dos hadas en la obra —comentó el hombre—. ¡Y tu hermano tiene tanta expresividad para leer! ¡Él puede salvarnos a todos!

Jack le clavó la mirada. ¿Acaso este señor hablaba en serio?

—¿Su deseo es que Jack actúe en su obra? —preguntó Annie.

—¡Exactamente! —respondió el hombre—. ¡Hoy han venido tres mil personas y esperan ver la obra que yo he escrito! ¡No podemos decepcionarlos! ¿Verdad?

—¿Tres mil? —preguntó Jack.

—Sí —respondió el hombre—. ¡Y una de ellas es la más importante del mundo!

—No. De ninguna manera. No puedo hacerlo —dijo Jack. Nunca le había gustado actuar. Siempre le daba miedo escénico.

—¡Espera! ¡Espera, Jack! —dijo Annie. Y se dirigió al hombre—. Usted necesita *dos* hadas, ¿verdad?

—Sí —afirmó él.

—Bueno —Annie se paró derecha y alzó la voz—. Yo también puedo leer.

—¡Sí! ¡Que lo haga Annie! —agregó Jack—. Ella lee muy bien. ¡Puede representar a las *dos* hadas!

—Ah, pero Annie no puede subir al escenario —comentó el hombre con suavidad.

—¿Por qué no? —preguntó ella.

—Seguramente sabrás que la ley prohíbe a las niñas subir a escena —explicó el hombre—. Los varones son los que se encargan de representar esos papeles.

—¡Pero eso no es justo! —dijo Annie.

—¡Claro que no! —agregó el hombre—. Pero no podemos cambiar la ley. Así que, Jack, ¿te unirás a los actores?

—No, gracias —respondió Jack, tratando de escabullirse. Pero Annie agarró su brazo.

—Espere, creo que sé lo que mi hermano quiere —dijo Annie—. Él subirá al escenario sólo si yo también subo.

—No, no es eso lo que quiero, Annie —susurró Jack.

—Pero, Jack, sería tan divertido —susurró ella—. No tengas miedo. Sólo leerás tu parte. No tienes que memorizarla.

Jack podía ver que Annie, *verdaderamente*, deseaba estar en la obra. Y de esa manera, por fin, se quitaría al oso de la cabeza.

—De acuerdo, está bien —dijo Jack con un resoplido. Miró al hombre y agregó:

—Actuaré en su obra sólo si mi hermana puede actuar también.

El hombre miró a Annie. Ella sonrió de oreja a oreja.

Y éste le devolvió la sonrisa.

—¿Por qué no? —dijo el hombre—. Pero

Annie tendrá que disfrazarse de varón. Puede esconder su cabello. La llamaremos Andy.

—¡Síííííí! ¡Gracias! —dijo Annie dichosa.

Dentro del teatro resonó una trompeta.

—¡Atención, la obra está por comenzar! —dijo el hombre. Y tomó a Annie y a Jack de la mano.

—Por cierto, mi nombre es Will —dijo—. ¡Andy, Jack, vengan conmigo! ¡Sean veloces como la sombra!

6

¡En escena!

Will llevó a Annie y a Jack hacia la parte trasera del Teatro Globo. Después, los tres se dirigieron hacia una oscura escalera.

Mientras subían, Jack oyó risas que venían del público. Las piernas le temblaban como gelatina.

—Por aquí —indicó Will.

Y entraron en una habitación llena de gente y poco iluminada. Los actores corrían de aquí para allá. Cada uno parecía estar en su propio mundo.

Uno estaba poniéndose una capa. Otro trataba de atarse una cuerda alrededor de la cintura. Y otro susurraba palabras para sí mismo.

—Les traeré la vestimenta —dijo Will.

Mientras él hurgaba dentro de una enorme canasta llena de ropa, Annie y Jack observaban todo con atención. Trajes exóticos, capas de color morado y azul, pelucas doradas y plateadas, pilas de sombreros y, también, máscaras de colores.

—Genial —murmuró Annie, tocando una máscara de burro y otra de león—. Éstas servirían para hacer buenos disfraces, ¿no?

Jack estaba asombrado de que su hermana estuviera tan serena. ¿Se había olvidado de que iban a pararse frente a una audiencia de tres mil personas? Esta idea lo hacía transpirar. Tenía el estómago agitado.

—¡Aquí! —Will les entregó dos túnicas verdes, sombreros y zapatillas para ambos.

—¡Pónganse esto! ¡No pierdan tiempo! ¡Pronto les tocará a ustedes!

Annie y Jack se cambiaron detrás de las cortinas. Cuando se pusieron los sombreros, Annie ocultó sus trenzas.

Al salir, Will les entregó un pequeño rollo de pergamino.

—Aquí tienen lo que cada uno de ustedes deberá leer —dijo.

Jack desenrolló su pergamino. Dos largos párrafos ocupaban toda la hoja.

—Un momento —dijo—. Pensé que sólo tendría unas líneas, no un discurso.

—No te preocupes —agregó Will—. Sólo recuerda esto; habla claro y con sentimiento. Y, sobre todo, actúa con naturalidad.

"¿Actuar con naturalidad?", pensó Jack. *"¿Cómo se actúa con naturalidad cuando a uno le está por dar un ataque al corazón?"*.

De pronto, un hombre de baja estatura y regordete irrumpió en el vestidor. Tenía cabello rizado y mejillas rojizas. Él también estaba vestido de color verde.

—¡Por el amor de Dios, Will! —murmuró, frenético—. ¿Qué haremos?

—¡Descuida! ¡Encontré a dos niños que leen muy bien! —respondió Will—. Andy, Jack, les presento a Puck, el alegre duende de la noche. Él los llevará al escenario. ¡Buena suerte!

Annie sonrió. Jack exhaló un quejido.

—¡Vamos, niños! ¡Síganme! —dijo Puck.

El duende condujo a Annie y a Jack hacia un área oscura, detrás del escenario.

Los actores esperaban su turno de pie y en silencio. Uno llevaba puesto un bonito traje blanco. Otros, harapientos jirones de tela.

A través de un arco, Jack divisó el techo del escenario: un cielo azul, con luna y estrellas.

Justo en frente se veía una gran multitud

de pie. Y había más gente en las galerías.

"Ha venido todo el pueblo de Inglaterra", pensó Jack, horrorizado. *"¿Cómo dejé que mi hermana me convenciera para hacer esto?"*.

—Primero te llevaré a ti al escenario, Jack —susurró Puck—. Cuando yo diga: "¿Qué hay, espíritu? ¿Hacia dónde vagáis ahora?", tú comenzarás a leer tu parte, ¿comprendido?

Jack apenas movió la cabeza. Tenía la boca seca. Quería tragar pero no podía.

Puck se volvió hacia Annie.

—Sube al escenario con la reina de las hadas —dijo, señalando al actor de traje blanco—. Cuando ella te diga que le cantes para dormirse, comienza tu canción.

—¿Cuál es la melodía? —preguntó Annie.

—Invéntala —respondió Puck—. Oye, si alguien te grita algo rudo, no te detengas.

—Si alguien le grita *¿qué?* —exclamó Jack.

—Los del patio son un poco salvajes —explicó Puck.

—¿Un poco salvajes? —repitió Jack.

—Sí, los plebeyos escandalosos que no tienen asiento —dijo Puck—. Si ellos les arrojan fruta podrida, tampoco se detengan. Sigan con su lectura.

"Esto ya es demasiado", pensó Jack. No podía subir a escena con tantos salvajes a punto de tirarle cosas. Con tres mil personas mirando, con un millón de líneas para leer y mucho menos... ¡cuando estaba a punto de vomitar!

Mientras Annie y Puck observaban el espectáculo, Jack comenzó a retroceder silenciosamente. Justo cuando encontró la escalera, se topó con Will.

—¿Adónde vas? —preguntó éste en voz baja.

—No puedo quedarme —contestó Jack—. ¡Me siento mal!

Will respiró hondo. Tomó a Jack de los hombros y le habló con calma.

—Cierra los ojos un momento, niño —dijo.

Jack obedeció. El corazón se le salía del pecho.

—No temas —susurró Will—. Imagina que eres un hada. Te encuentras en el bosque, en una noche de verano. ¿Ves la luna de plata? ¿Oyes los búhos? *¡Hoo-hoo!*

Al parecer, los susurros de Will dejaron hechizado a Jack. Ya más calmado, el niño empezaba a vislumbrar la luna de plata y podía escuchar el ulular de los búhos.

—¿Estás en el bosque? ¿En una noche de verano? —preguntó Will.

Jack asintió con la cabeza.

—Si *tú* lo crees, el público también lo creerá —susurró Will.

—¡Nuestro turno! —murmuró Puck. El actor regordete corrió en busca de Jack. Lo agarró de un brazo y se lo llevó a la fuerza.

¡Casi sin darse cuenta, Jack subió a escena!

7

En el bosque, en la noche

Jack se paró sobre el escenario. Podía sentir todos los ojos encima de él.

—¿Qué hay, espíritu? ¿Hacia dónde vagáis ahora? —exclamó Puck, en voz alta.

Jack enfocó la vista en su pergamino y se acomodó los lentes. Abrió la boca pero no emitió sonido alguno.

De pronto, se oyó un silbido que venía del público ubicado en el patio.

—¿Qué hay, espíritu? ¿Hacia dónde vagáis ahora? —repitió Puck, con voz más enérgica.

Jack cerró los ojos. *Imaginó y sintió* la noche de verano. Respiró hondo. Se aclaró la

garganta. Y clavó los ojos sobre el papel.

Sobre la colina, sobre el llano,
entre la maleza, entre los matorrales,
sobre el bosque, sobre el cercado,
a través del agua, a través del fuego,
por todas partes voy vagando,
más veloz que las esferas de la luna.
Yo sirvo a la Reina de las Hadas…

De pronto, el público comenzó a calmarse. Jack se olvidó de que era Jack. Ahora se encontraba en el bosque, hablando con Puck, y era de noche.

Cuando el pequeño terminó de leer, no se oyó un solo silbido. Nadie arrojó nada.

Puck empezó a leer nuevamente. Jack respiró profundo. Sabía que aún tenía que seguir con su parte. El corazón le latía con fuerza. Pero más de emoción que de miedo.

A punto de comenzar su segundo discurso, Jack ya estaba listo. Esta vez leyó con más claridad y sentimiento, tratando de ser lo más natural posible. Cuando llegó al final, la gente aplaudió con fervor.

Jack bajó del escenario casi sin darse cuenta. Will estaba esperándolo.

—¡Bravo! —exclamó, palmeando la espalda de Jack—. ¡Estuviste brillante!

Jack se sonrojó al devolverle el pergamino a Will. ¡No podía creer que había *actuado* para 3000 personas! Y que, en verdad, se había divertido. Tal como Annie le había dicho.

Luego, Jack esperó a su hermana en un rincón, mientras ella representaba su parte. La observó subir al escenario, acompañada por la reina de las hadas y otras hadas más.

Cuando la reina les pidió a las hadas que le cantaran para que ella se durmiera, Annie dio un paso adelante. Mirando su pergamino cantó claramente y con *mucho* sentimiento:

Serpientes manchadas, de lengua doble,
espinosos erizos, no os dejéis ver,

Annie sacudió la mano, tratando de ahuyentar a las serpientes y a los erizos.

tritones y lombrices ciegas, no hagan daño,
a nuestra Reina de las Hadas no toquéis…

Al mencionar a los tritones y lombrices, sacudió el dedo. El público estalló de risa. Así, la pequeña siguió cantando, haciendo gestos y pasos graciosos. Y hasta acompañó la canción con un poco de baile.

Cuando Annie terminó, la gente aplaudió y festejó, golpeando el suelo con los pies.

—¡Bien hecho, Andy! —le dijo Will, cuando ella bajó del escenario.

—¡Estuviste brillante! —le dijo Jack.

—¡Gracias! —respondió Annie. Y le dio el pergamino a Will—. ¿Debo subir otra vez?

—No, al final, cuando saludamos todos juntos —contestó él.

Jack volvió a oír la risa del público.

Quería ver la obra. Con rapidez, buscó un rincón oscuro en la parte trasera del teatro y se quedó mirando desde allí.

No entendía todo lo que los actores decían pero sí lo principal. En la obra, los personajes se enamoraban pero no podían casarse con el ser amado.

La parte más descabellada era la del rey y la reina de las hadas. Como el rey estaba loco por su reina, decide colocarle un jugo mágico sobre las pestañas para que ella se enamorara de la primera persona que viera.

Puck servía al rey. Y para que el truco fuera más divertido, le puso una cabeza de burro a un hombre. Cuando la reina despertó y vio a este extraño ser, ¡la magia hizo que ella se volviera loca de amor por él!

Luego, el rey rompió el hechizo. Puck volvió a la normalidad al hombre con cabeza de burro mientras éste dormía. Cuando el hombre despertó miró todo con asombro.

—He tenido una visión muy rara —dijo—. He tenido un sueño…

Jack susurró las palabras para sí. *"He tenido una visión muy rara. He tenido un sueño".*

Cerca de Jack, un grupo de actores se reunieron para la última escena de la obra.

—¡Falta mi máscara! —gimoteó uno de ellos—. ¡No puedo actuar de león sin ella!

—Calla, por supuesto que puedes —agregó Will—. ¡Tú, sólo ruge! ¡Y ruge otra vez!

Will forzó al actor a subir al escenario. Se secó la frente. Y luego divisó a Jack.

—¡Ve a buscar a Andy! —dijo—. Pronto tendremos que subir a saludar.

"¿Annie? ¿Dónde está Annie?", se preguntó Jack. Hacía un largo rato que no la veía. Miró en la habitación de los trajes. Tampoco estaba allí.

El corazón de Jack empezó a latir más fuerte. Tenía un mal presentimiento.

—¡Oh, no! —exclamó en voz baja.

Bajó por la escalera. Abrió la puerta. Y se alegró al ver a su hermana que salía corriendo de unos árboles, en la parte de atrás del teatro.

—¡Es hora de saludar! —le dijo agarrándola de la mano—. ¿De dónde vienes? ¿Qué estabas haciendo?

—¡Luego lo sabrás! —contestó Annie.

Los dos subieron corriendo por la escalera. Will y algunos actores estaban esperando.

Puck estaba en escena, a punto de terminar su parte:

Así que buenas noches a todos vosotros,
denme su mano si somos amigos...

—¡Andy! ¡Jack! —llamó Will, y los agarró de la mano.

Puck terminó sus líneas. El público aplaudió con gran entusiasmo, silbando y gritando.

Annie y Jack subieron veloces al escenario, junto con Will y otros personajes. Mientras la muchedumbre celebraba, los actores se inclinaron hacia adelante para saludar, una, otra y una vez más.

8

La persona más importante

Will dio un paso adelante y alzó las manos. Lentamente, el público fue serenándose.

—Gracias a todos —dijo—. Y gracias a la persona más importante del mundo. Hoy, ella nos ha bendecido con su presencia.

Will le hizo una gran reverencia a una mujer. Ésta se encontraba en una galería superior. Llevaba puesto un vestido blanco con perlas. Y un velo le cubría el rostro.

La mujer se puso de pie y, lentamente, se levantó el velo. Tenía la piel arrugada, pálida y pequeños ojos oscuros. Una peluca colorada le cubría la cabeza.

El público quedó sin habla. Todos se pusieron de rodillas.

—¡Larga vida a la reina Elizabeth! —dijo Will en voz alta.

—¡Larga vida a la reina Elizabeth! —gritó la gente.

—¡Larga vida a la reina Elizabeth! —gritaron Annie y Jack.

La reina sonrió. ¡Tenía todos los dientes negros! Al parecer, eso no le importaba a nadie. La gente celebraba su presencia con creciente alegría.

La soberana alzó la mano y, de inmediato, todo el mundo hizo silencio.

—Yo les agradezco, mi buena gente —dijo—. Y gracias a estos buenos actores, a todos. Hoy nos han brindado una magia especial, la magia del teatro. Convirtieron el día en noche.

—¡Oh, cielos! —susurró Jack. Basta de búsqueda. Habían encontrado la magia especial.

El público aplaudió y celebró otra vez. Cuando los actores abandonaron el escenario, rodearon a Will para felicitarlo por su éxito.

Annie llevó a su hermano a un costado.

—¡Hemos encontrado la magia! —dijo.

—¡Lo sé! Will nos ayudó a hacerlo. ¡Tenemos que agradecerle! —sugirió Jack.

—Después —dijo Annie—. Quiero mostrarte algo. ¡Necesito tu ayuda! ¡Ven!

Jack bajó por la escalera siguiendo a su hermana.

La gente comenzó a salir de El Globo, la puerta estaba abarrotada. El sol de la tarde había empezado a caer.

—Por aquí —indicó Annie, dirigiéndose a una pequeña arboleda detrás del teatro.

De pronto, Jack divisó una extraña figura cerca de uno de los árboles. Una capa de color púrpura apenas le cubría el lomo peludo. La peluca dorada y la máscara de león no eran suficientes para ocultar la cabeza peluda.

—¡El oso! ¡Lo robaste! —exclamó Jack, con lo que le quedaba de voz.

—*Tuve* que hacerlo —contestó Annie—. Cuando no había nadie cerca del carro, subí y le puse el disfraz. Si nos encontramos con alguien, va a pensar que es un actor.

—¡Pero no puedes robártelo! —dijo Jack.

—No lo robé. Lo *salvé* —agregó Annie—. Ahora no sé qué hacer con él. ¿Qué piensas?

—¿Dónde está mi oso? —gritó el dueño del animal, mientras se acercaba corriendo velozmente. Tenía el rostro enrojecido de la furia—. ¡Ladrones! ¡Devuélvanmelo! ¡Lo venderé para las peleas! —gritó ofuscado.

—¡No! Este oso está domesticado. No puede luchar —contestó Annie, parada en medio del hombre y la bestia.

—¡Ella tiene razón! —interrumpió Jack de un salto—. ¡Y, además, la lucha de osos es una estupidez! ¡Una verdadera ridiculez!

—Así es —repuso una voz en tono reflexivo.

Annie, Jack y el dueño del oso se dieron vuelta extrañados. Will y Puck estaban parados cerca de ellos.

9

Dulce pena

—Vaya, vaya, usted da pena, hombre —le dijo Will al dueño del animal—. Veo que quiere vender a un viejo oso domesticado para hacerlo luchar. Oiga, yo planeo escribir una obra en la que incluiré un oso. Así que, tome este dinero y márchese.

Will le entregó algunas monedas de oro al dueño del oso.

Al hombre se le salieron los ojos de las órbitas.

—¡Todo suyo! —dijo éste con una enorme sonrisa. Y desapareció sin chistar.

—Gracias a *usted* y... ¡qué alivio! —dijo Will. Luego miró a Puck y agregó—: Lleva a nuestro nuevo compañero a los establos.

Diles a los actores que no teman. Este oso es más inofensivo que todos ellos juntos.

—Ven por aquí—dijo Puck. Y condujo suavemente al oso hacia su nuevo sitio—. Te encantará estar en escena, viejo.

—¡Adiós, Puck! ¡Adiós, Dan! —exclamó Annie.

Puck sonrió y saludó a todos. El oso contempló a Annie y a Jack con mirada agradecida. Luego, se alejó con paso torpe junto con Puck.

—Gracias por ayudar a Dan, Will. Y gracias por ayudarnos a nosotros —dijo Annie.

—Yo les agradezco a ustedes por ayudarme a *mí*. Han salvado el día —agregó Will.

—Mejor dicho, la *noche* —agregó Jack.

—Tienes razón, la noche —repuso Will—. Oh, aquí está tu bolso, lo habías olvidado.

—También pueden llevarse sus pergaminos —agregó. Le entregó los rollos de papel a Jack y él los guardó en su bolso.

—¿Hacia dónde irán ahora? —preguntó Will.

—Hacia el otro lado del Puente de Londres —respondió Annie.

—Ah, yo puedo llevarlos en mi bote. Síganme —dijo Will.

Así, avanzaron rumbo al río por un camino polvoriento. Los rayos de sol caían inclinados sobre los árboles. Todos subieron a un bote de remos, amarrado a orillas del Támesis.

Will desató el bote del muelle y comenzó a remar por el río.

El agua se veía de color rosa y púrpura por el reflejo del cielo. Sólo unos pocos cisnes blancos se deslizaban sobre las pequeñas olas brillantes. El río olía tan mal como antes, pero a Jack no le importaba. Ya se había acostumbrado.

De pronto, sacó su cuaderno del bolso.

—¿Qué estás haciendo? —le preguntó Will.

—Quiero anotar algunos hechos para recordarlos —respondió Jack.

—Ah, y yo los veré a ambos en *mi* libro de la memoria —agregó Will.

Jack sonrió.

—Quiero hacerte una pregunta, Will —dijo Annie—. ¿Por qué la reina Elizabeth tiene los dientes negros?

—Demasiada azúcar —respondió él.

—Espero que eso no la haga sentirse mal. Por verse así, digo... —agregó Annie.

—Oh, no le molesta para nada —explicó Will—. La reina no tiene idea de cómo se ve. No se ha asomado a un espejo en veinte años.

—¿Eso es verdad? —preguntó Annie.

—Así es —repuso Will—. La reina simula que es joven y bonita. Así como *tú* simulaste ser un niño y el oso simuló ser un actor. ¿Lo ves? El mundo es un escenario.

A Jack le agradó la idea. Abrió su cuaderno y tomó nota:

el mundo es un escenario

Jack observó el Puente de Londres mientras lo atravesaban. Los comercios estaban cerrados. La gente que salía del teatro comenzaba a dispersarse.

Los tenebrosos pájaros negros bajaban de los techos en picada para comer la basura de la calle.

La función había terminado.

Cuando llegaron a la orilla, estaba anocheciendo. Hacía más frío. Will amarró el bote y los tres se bajaron.

—Muchísimas gracias, continuaremos el camino solos, Will —dijo Jack.

—¿Dónde viven? —preguntó Will.

—En Frog Creek —respondió Annie.

—¿Qué camino tomarán? —preguntó Will.

—Jamás creerías esto —dijo Annie—. Subiremos a una casa que está en ese árbol de allá. Y luego, abriremos un libro.

—Luego pediremos un deseo —explicó Jack—. E iremos al lugar dibujado en el libro.

Will sonrió.

—Vuestra vida es un milagro, ¿verdad? —dijo.

—Sí —afirmó Annie. Jack asintió con la cabeza. Le agradaba la forma en que Will veía las cosas.

—Tengo una idea —agregó Will—. Quédense aquí. Podrían vivir y actuar en el Teatro Globo. Le pediré a la reina que no aplique la ley contigo para que puedas subir al escenario, Annie. Tú eres muy talentosa. Les enseñaré a escribir obras a los dos.

—¿De verdad? —preguntaron Annie y Jack a la vez.

Jack no podía pensar en algo más divertido que eso. Luego, recordó a sus padres.

—Pero, nuestra madre y nuestro padre... —dijo.

—Los extrañaríamos mucho —agregó Annie.

Will sonrió.

—Comprendo —dijo—. *Yo* los extrañaría a *ustedes*, si fuera ellos. Buenas noches, buenas noches. Partir es una pena tan dulce.

—Así es —asintió Annie.

—¡Adiós! —exclamó Will. Y regresó a su bote.

Jack y Annie caminaron hacia la escalera colgante y subieron a la casa del árbol. Cuando entraron, se asomaron por la ventana.

Aún podían ver a Will remando por el Támesis. Un cisne blanco se deslizaba sobre las pequeñas olas, junto al bote. Una luna plateada trepaba por el cielo.

En ese instante, Jack, *en verdad*, sintió una pena muy dulce. Quería quedarse en la alegre, vieja Inglaterra, sólo un poco más.

—¡Espera, Will! —gritó.

Pero Annie tomó el libro de Pensilvania.

—Deseamos volver a casa —dijo.

El viento comenzó a soplar.

La casa del árbol empezó a girar.

Más y más rápido cada vez.

Después, todo quedó en silencio.

Un silencio absoluto.

10

¿Nuestro Will?

Jack abrió los ojos.

Él y su hermana estaban vestidos con su ropa habitual. Una luciérnaga titilaba en la creciente oscuridad de la casa del árbol.

Annie levantó la nota de Morgana del suelo y leyó el pequeño poema:

Para hallar una magia especial
en la luz te pararás,
y sin varita mágica, hechizo ni amuleto,
el día en noche convertirás.

—Encontramos la magia especial —dijo Annie—. ¡La magia del teatro!

—¡Sí! —afirmó Jack.

Abrió su mochila y sacó los pergaminos que Will les había obsequiado. Cuando los desenrollaron, Jack notó que había un mensaje para ellos. Rápidamente, lo leyó en voz alta:

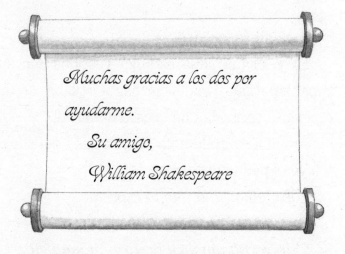

Muchas gracias a los dos por ayudarme.

Su amigo,

William Shakespeare

—¿William *Shakespeare?* —preguntó Annie—. He oído ese nombre antes.

—Yo también —agregó Jack. Buscó en el índice de su libro y leyó en voz alta:

William Shakespeare vivió entre los años 1564 y 1616. Escribió treinta y siete obras de teatro y numerosos sonetos, además de varios poemas. Mucha gente cree que es el escritor más grande de todos los tiempos.

—¿El más grande? —preguntó Annie—. *¿Nuestro* Will?

—¡Oh, cielos! —susurró Jack, contemplando asombrado el autógrafo de William Shakespeare.

—Oye, podemos dejar los pergaminos junto a los escritos de Morgana —dijo Annie—. Esto le servirá como prueba de que encontramos la magia especial.

Annie y Jack dejaron todo a la vista de la hechicera y bajaron por la escalera colgante.

Mientras avanzaban por el bosque, la brisa empezó a sacudir las hojas de los árboles. Las sombras cambiaban de forma y lugar. Los pájaros cantaban ocultos en sus nidos.

—¿Recuerdas los bosques encantados? —preguntó Annie en voz baja—. ¿Y al rey y la reina de las hadas?

Jack sonrió y dijo que sí con la cabeza.

—¿Y a Puck, el alegre duende de la noche? —preguntó Annie—. Y a Will, nuestro Will.

Jack volvió a asentir con la cabeza.

—Me divertí muchísimo —dijo Annie—. ¿Y tú?

Jack suspiró.

—Sí —respondió.

Luego respiró hondo y habló claramente y con sentimiento:

—He tenido una visión muy rara, he tenido un sueño...

MÁS INFORMACIÓN PARA TI
Y PARA JACK

William Shakespeare, en verdad, escribió una obra en la que incluía una pequeña parte para un oso. La obra se llama *Cuento de invierno*.

La reina Elizabeth tenía los dientes negros debido a que consumía demasiada azúcar, al igual que mucha gente de esa época. Una de sus damas de honor escribió que la reina no tuvo acceso a un espejo limpio durante los últimos veinte años de su vida.

No existe evidencia histórica acerca de que la reina Elizabeth I haya visitado el Teatro Globo. Sin embargo, es sabido que a ella le agradaban mucho las obras de Shakespeare y que *Sueño de una noche de verano* fue representada en su palacio para ella y su corte.

Hoy en día, el sitio donde los teatros venden las entradas para las obras se denomina en inglés *"box office"*. Esto se debe a que en la época de Shakespeare la gente colocaba el dinero de admisión en una *caja* ubicada en la puerta.

La parte que representa un actor en una obra se denomina *"rol"* debido a que en los tiempos de Shakespeare, cada actor recibía un rollo de papel con su parte para interpretar.

La gente ha citado frases escritas por Shakespeare por más de 400 años. Algunas de esas frases aparecen en este libro:

"Te veré en mi libro de la memoria". —*Enrique IV*

"El mundo es un escenario". —*Como gustéis*

"¡Buenas noches, buenas noches! Partir es una pena tan dulce".

—*Romeo y Julieta*

"Tu vida es un milagro".

—*Rey Lear*

"He tenido una visión muy rara. He tenido un sueño que ni el más hábil de los hombres podría narrar".

—*Sueño de una noche de verano*

Se considera que William Shakespeare creó más de 2000 palabras y expresiones de la lengua inglesa, muchas de las cuales aún continúan en uso.

Información acerca de la autora

Mary Pope Osborne es autora de muchas novelas, libros de cuentos, historias en serie y libros de no ficción. Su serie *La casa del árbol,* número uno en la lista de los más vendidos del *New York Times,* ha sido traducida a numerosos idiomas en todo el mundo. La autora vive en el noroeste de Connecticut con su esposo Will Osborne (autor de *La casa del árbol: El musical*) y con sus tres perros. La señora Osborne también es coautora de la serie Magic Tree House® Fact Trackers junto con su esposo y Natalie Pope Boyce, su hermana.

Annie y Jack viajan a las montañas
nubladas de África, donde se encuentran
con sorprendentes y aterradores gorilas.

LA CASA DEL ÁRBOL®#26

Buenos días, gorilas

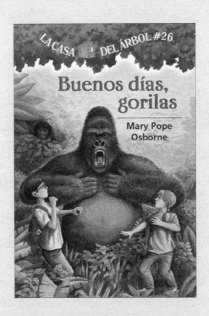

La casa del árbol #27
Jueves de Acción de Gracias

Annie y Jack se transportan al año 1621 y celebran
junto con los peregrinos el primer día de Acción de
Gracias con un gran banquete.

La casa del árbol #28
Maremoto en Hawái

Annie y Jack viajan a las islas de Hawái donde
disfrutan de las grandes olas, hasta que descubren que
se acerca un tsunami.

¿Quieres saber adónde puedes viajar en la casa del árbol?

La casa del árbol #1
Dinosaurios al atardecer
Annie y Jack descubren una casa en un árbol
y al entrar, viajan a la época de los dinosaurios.

La casa del árbol #2
El caballero del alba
Annie y Jack viajan a la época de
los caballeros medievales y exploran
un castillo con un pasadizo secreto.

La casa del árbol #3
Una momia al amanecer
Annie y Jack viajan al antiguo Egipto y se
pierden dentro de una pirámide al tratar de
ayudar al fantasma de una reina.

La casa del árbol #4
Piratas después del mediodía
Annie y Jack viajan al pasado y se
encuentran con un grupo de piratas
muy hostiles que buscan un
tesoro enterrado.

La casa del árbol #5
La noche de los ninjas

Jack y Annie viajan al antiguo Japón y se encuentran con un maestro ninja que los ayudará a escapar de los temibles samuráis.

La casa del árbol #6
Una tarde en el Amazonas

Annie y Jack viajan al bosque tropical de la cuenca del río Amazonas y allí deben enfrentarse a las hormigas soldado y a los murciélagos vampiro.

La casa del árbol #7
Un tigre dientes de sable en el ocaso
Jack y Annie viajan a la Era Glacial y se
encuentran con los hombres de las cavernas y
con un temible tigre de afilados dientes.

La casa del árbol #8
Medianoche en la Luna
Annie y Jack viajan a la Luna y se encuentran con
un extraño ser espacial que los ayuda a salvar
a Morgana de un hechizo.

La casa del árbol #9
Delfines al amanecer

Annie y Jack llegan a un arrecife de coral donde
encuentran un pequeño submarino que los llevará
a las profundidades del océano: el hogar de los
tiburones y los delfines.

La casa del árbol #10
Atardecer en el pueblo fantasma

Annie y Jack viajan al salvaje Oeste, donde deben
enfrentarse con ladrones de caballos, se hacen
amigos de un vaquero y reciben la ayuda de
un fantasma solitario.

La casa del árbol #11
Leones a la hora del almuerzo
Annie y Jack viajan a las planicies africanas.
Allí ayudan a los animales a cruzar un río torrencial
y van de "picnic" con un guerrero masai.

La casa del árbol #12
Osos polares después de la medianoche
Annie y Jack viajan al Ártico, donde reciben
ayuda de un cazador de focas, juegan con osos polares
recién nacidos y quedan atrapados sobre una
delgada capa de hielo.

La casa del árbol #13
Vacaciones al pie de un volcán
Jack y Annie llegan a la ciudad de Pompeya, en la
época de los romanos, el mismo día en que el
volcán Vesubio entra en erupción.

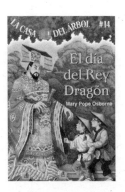

La casa del árbol #14
El día del Rey Dragón
Annie y Jack viajan a la antigua China,
donde se enfrentan a un emperador
que quema libros.

La casa del árbol #15
Barcos vikingos al amanecer
Annie y Jack visitan un monasterio de la Irlanda
medieval el día en que los monjes sufren
un ataque vikingo.

La casa del árbol #16
La hora de los Juegos Olímpicos
Annie y Jack son transportados en el tiempo
a la época de los antiguos griegos y de las
primeras Olimpiadas.

La casa del árbol #17
Esta noche en el Titanic
Annie y Jack viajan a la cubierta del Titanic
y allí ayudan a dos niños a salvarse del naufragio.

La casa del árbol #18
Búfalos antes del desayuno
Annie y Jack viajan a las Grandes Llanuras,
donde conocen a un niño de la tribu lakota y juntos
tratan de detener una estampida de búfalos.

La casa del árbol #19
Tigres al anochecer
Annie y Jack viajan a un bosque de la India,
donde se encuentran cara a cara con un tigre
¡muy hambriento!

La casa del árbol #20
Perros salvajes a la hora de la cena
Annie y Jack viajan a Australia donde se
enfrentan con un gran incendio. Juntos ayudan a
varios animales a escapar de las peligrosas llamas.

La casa del árbol #21
Guerra Civil en domingo
Annie y Jack viajan a la época de la Guerra Civil
norteamericana, donde ayudan a socorrer a los
soldados heridos en combate.

La casa del árbol #22
Guerra Revolucionaria en miércoles
Annie y Jack viajan a los tiempos de la colonia y
acompañan a George Washington mientras éste se
prepara para atacar al enemigo por sorpresa.

La casa del árbol #23
Tornado en martes
Annie y Jack viajan a la década de 1870 y conocen
a una maestra y sus alumnos con quienes viven una
experiencia aterradora.

La casa del árbol #24
Terremoto al amanecer
Annie y Jack llegan a California, en 1906, en el
momento justo del famoso terremoto de
San Francisco que dejó la ciudad en ruinas.